THE VOICE IN THE CLOSET

Raymond Federman

THE VOICE IN THE CLOSET

Raymond Federman

2001

STARCHERONE BOOKS
153 MARINER STREET
BUFFALO, NY 14201
716-885-2726
www.starcherone.com

Library of Congress Cataloging-in-Publication Data

Federman, Raymond.

The voice in the closet / Raymond Federman ; [with a preface by Gérard Bucher].–
1st Starcherone Books ed.

p. cm.

Added t.p. title: Voix dans le cabinet de débarras.

Parallel texts in English and French bound back to back and upside down, with t.p. preceding
each sequence.

ISBN 0-9703165-8-5 (alk. paper)

1. Paris (France)--History--1940-1944--Fiction. 2. Holocaust, Jewish (1939-1945)--
Fiction. 3. Jews--France--Paris--Fiction. 4. Jewish children--Fiction. I. Title: Voix dans le cabi-
net de débarras. II.
Title.

PS3556.E25 V6 2001
813'.54--dc21

2001020536

Published originally as *The Voice in the Closet/La voix dans le cabinet de debarras* by Coda Press,
1979. Reprinted through agreement with the author. "T'inventer Federman" by Gérard
Bucher originally appeared in *Romaneske* (Leuven, Belgium). Cover images: Terri Katz
Kasimov, from "The Federman Series". Typography / Cover design: Jennifer Bullard &
Theodore Pelton. Editor: Theodore Pelton. Proofreader: Marta Werner. Publication assisted
by grants from the Melodia E. Jones Chair of French at University at Buffalo and the Castellani
Art Gallery at Niagara University.

CONTENTS

TO INVENT YOU FEDERMAN

The Voice in the Closet tells a tragic story that leaves one breathless. Caught up in a deadly trap a twelve year old child tries to invent for himself reasons to survive. The story is constructed like a puzzle; by bits and pieces, it spirals around a constellation of themes: the cage, the courtyard, the skylight, the street, the bird, the staircase, the voice of the parents (shouts, coughs, cries), then silence. The brief narrative of twenty pages tells the terrifying story of a child caught up in the event of an anonymous, premeditated and collective crime. At the threshold of a constantly absented *topos* (a text) the child/the adult replays the game of his loss, while we, the readers, are invited to identify with his vacillating identity in order to postpone the moment of death, both his and ours. How can we "invent you Federman" where life was rotten at the core, where an unutterable event broke the lifeline of the past and the future ?

It is impossible to tell this story and the author refuses to do so: no beginning nor end, no punctuation, not even the clue of a pagination. The story works itself up like a nightmare when it attempts to grotesquely evoke the hallucinated or for ever unspeakable event. Nonetheless, by dint of the reader's scrutiny of a central blind-spot, the meaning finds ways of yielding itself bit by bit. We end up catching a glimpse of a child's dreamed birth, whose fate does not weigh more than a feather: such light "Featherman"! Jewish you are by the necessity to invent your being in a rarified air. You summoned yourself to life where an empire of death – the "final solution" – was supposed to reign forever. Out of the womb of horror, the child was born to become a writer. His compressed words crash against each other, smolder in flames, caught up as they are by the Leviathan of History. We witness the wreck of a discourse tainted at its very source. Stifled by anguish, a voice filters through the walls of the closet where nothing was expected but silence. Having escaped the senseless annihilation of six million souls, a sublime non-man crawls out of limbo. Here the child (the adult much later in his life) tries to sketch out aspects of an impossible genesis.

The text thus depicts a strange "primitive scene" exceeding all understanding, it makes havoc of our contentions. While the discourse ends up looping back on itself, the hallucinating saga of memories becomes more overwhelming. By dint of an incomprehensible anachronism, a sublime clown, a "Featherman" recapitulates the stages of his adventures: his panic flight out of Europe, his American fate as a writer. As the conjurer of his silence he renews his stories which extend over half a century. As others programmed his death he gives to annihilation the stark denial of his survival. Like a grain of sand he thwarted the machinery of carnage. Federman, we will never find an end to counting your tricks!

A cohort of words blurts out the tragic-comic scenography of a burnt up epoch. Among all the little "Federmans" one miraculously slips out of sight, escapes on his frail vessel of words. He hastens to combine a body and a soul made of paper when all that was expected of him was to shrivel up into oblivion. As the emblematic Type, he proves the executioners wrong through his extreme insistence on living. The child (the author) thus conquers the void, marks out in a rarified air the squares of his exemplary text: a box or solid womb now that Father and Mother have vanished. Without uttering the slightest complaint about himself or the members of his family, his text reminds one – by his style, his shortcuts and his load of suffering – of the pages that Mallarmé wrote on the death of his son (cf. "Pour un tombeau d'Anatole: To serve as Anatole's tombstone"). Here as well as there an incurable absence breaks up the sequence of time, even the one deemed "natural," of generations. The discourse flares up in madness when it attempts to hoist a man out of the black hole of nothingness.

In his miserable nest a forlorn featherless bird (a little federman) twitters out an old story of abandonment and fall. Tell us how it became possible to produce the locus of your origins under the aegis of your proper/hybrid name F E D E R M A N (with its German, French and Judaic connotations)? "Be a positive child" is the injunction that made for ever unnamable your misfortunes. What remained solid now traces the boundary of chaos just as the spiraling line opposite your text figures the scheme of your survival. One traumatic gesture constantly renewed founds your "Federmaness": ours.

If the event of July 16, 1942 (the mass round-up called "*Rafle du Vel d'Hiv*"), was too absurd and obscene to be told, it was necessary for you to discourage our curiosity while taking up the challenge of satisfying it in some oblique fashion. What remains then are only the bits and pieces of your opaque and barred childhood, whose tale we need to fathom. A compilation of incandescent words offers a glimpse of these other atrocious pyres at the horizon of the German plains, at the terminus point of the voyage towards death of the members of your family. Out of their horribly desecrated ashes, you the magician of your turmoils never cease to take flight. "Born voiceless at a hole's edge" you will thus always precede us – incomprehensibly vibrant and jubilant – in the enjoyment of your freedom. As the architect of your mourning you portray the exemplary fate of the Writer.

May your song always resound louder under the yellow sign that was supposed to signal infamy. Between the blanks of your erased past, at the very locus where you created your books (all of them mentioned by anticipation in these pages), you explore the fault of being (ours now) at the very limits of dizziness. A fatal Oedipus figure confronts universal disaster and creates the fiction of the featherless bird capable of learning how to fly and sing! Thus did you complete your migrations by the juxtaposition of three languages – the French as an original matrix, but only virtual –

the American in which you accomplished the dream of a writer and the German, the only language that paradoxically preserved its foreignness, despite the connotations of your name. Whence the task incessantly renewed to "invent you Federman": to rewrite this story that you composed in the rekindled fright of the French, English and German versions, as if to universalize your mishaps and misfortunes (but actually your stylistic fortunes). The main feat of courage and generosity being that you were able to make your experience live in the German language, in spite of everything. Thus does your polyphonic song offer not only the summary of a life but anticipates a possible reconciliation.

But, above all, *The Voice in the Closet* stands as a solemn requiem for those four members of your family: your father, mother, two sisters that you name in your epigraph. This last act carries the value of a rite: it honors your family's dead, it preserves the "two-fold vibration" of the past with the future. It prevents, despite mourning (and in fact thanks to it) the failures of a time without memory. As the figure of the histrionic comedian who flouts death you incarnate the image of Man obliged to unceasingly invent a "ghostlike after-life." We will never finish inventing you Federman!

Gérard Bucher
University at Buffalo

In memory of Simon Marguerite Jacqueline Sarah

here now again selectricstud makes me speak with its balls all balls foutaise sam says in his closet upstairs but this time it's going to be serious no more masturbating on the third floor escaping into the trees no the trees were cut down liar it's winter now delays no more false starts yesterday a rock flew through the windowpane voices and all I see him from the corner of my eye no more playing dumb boys in the street laughing up and down the pages en fourire goofing my life it's a sign almost hit him in the face scared the hell out of him as he waits for me to unfold upstairs perhaps the signal of a departure in my own voice at last a beginning after so many detours relentless false justifications in the margins more to come in my own words now that I may speak say I the real story from the other side extricated from inside roles reversed without further delay they pushed me into the closet on the third floor I am speaking of us into a box beat me black and blue question of perspective how it should have started in my little boy's shorts I am speaking of me sssh it's summertime lies again we must hide the boy sssh mother whispering in her tears hurts to lose all the time in the courtyard bird blowing his brains out on alto guts squeaking lover man hey can you

hear it now yellow feather cam sent it to me at his fingertips
plagiarizing my life boys passing in the street they threw sand in his
eyes it begins downstairs soldiers calling our names his too federman
all wrong don't let him escape no not this time must save the boy full
circle from his fingers into my voice back to him on the machine just
heard the first echo tioli how idiotic what did he expect callow it
says after so many years banging his head against the wall rattling the
old stories ah what's the use watch him search in his dictionary
callow unfledged youth almost hit him in the face federman
featherless little boy dammit in our closet after so many false names
foisted upon me evading the truth he wrote all the doors opened to
stare at my nakedness a metaphor I suppose a twisted laugh wrong
again writing himself into a corner inside where they kept old
newspapers delirious strokes of typographiphobia fatal however only
on occasions his fingers on the machine make me book of flights
speak traps evasions question of patience determination take it or
leave it of all places one hundred years of solitary work down the
drain through the windowpane something to do with the futility of
telling experimenting with the peripatetic search for love sex self or

↓
verb or noun

is it real people america aside from what is said there is nothing silence sam again what takes place in the closet is not said irrelevant here if it were to be known one would know it my life began in a closet a symbolic rebirth in retrospect as he shoves me in his stories whines his radical laughter up and down pulverized pages with his balls mad fizzling punctuation question of changing one's perspective view the self from the inside from the point of view of its capacity its will power federman achieve the vocation of your name beyond all forms of anthropologism a positive child anthropomorphism rather than the sad off-spring of a family giggling they pushed me into the closet among empty skins and dusty hats my mother my father the soldiers they cut little boys' hands old wife's tale send him into his life cut me now from your voice not that I be what I was machine but what I will be mother father quick downstairs already the boots same old problem he tried oh how he tried of course imagining that the self must be made remade unmade caught from some retroactive present apprehended reinstated I presume looking back how naive into the past my life began not again whereas in fact my mother was crying softly as the door closes on me I'm beginning to see my shape

hats
3rd floor
closets

only from the past from the reverse of farness looking to the present
can one possibly into the future even create the true me invent you
federman with your noodles gambling my life away double or
nothing in your verbal delirium don't let anyone interfere with our
project cancel our journey in my own words inside the real story
again my father too coughing his tuberculosis as they locked him
into the closet they cut little boys' hands alone waiting on the third
floor crapping me on his paper what a joke the soldiers quick sssh
and all the doors slammed shut the boots in the staircase where it
should have started but not him no instead calmly he shoves the
statue of liberty at us very symbolic over the girl's shoulder I tremble
in his lies nothing he says about the past but I see it from the corner
of my eye even tried to protest while the outside goes in then smiles
among the beasts and writes one morning a bird flew into my head
ah what insolence what about the yellow star on my chest yes what
about it federman the truth to say where they kept old wrinkled
clothes empty skins dusty hats and behind the newspapers stolen
bags of sugar cubes how I crouched like a sphinx falling for his
wordshit moinous ah but where were you tell me dancing when it all

started where were you when the door closed on me shouting I ask you when I needed you the most letting me be erased in the dark at random in his words scattered nakedly telling me where to go how many times yes how many times must he foist his old voice on me his detours digressions ah that's a good one lies lies cancellations me to tell now procrastinations I warned him deep into my design refusing to say millions of words wasted to say the same old thing mere competence never getting it straight his repetitions what really happened ways to cancel my life digressively each space relating to nothing other than itself me inside his hands progress quickly discouraged saying that it was mad laughter to pass the time two boxes correspondence of space the right aggregate while he inflicts false names on me then distorts our beginning but now I stoop like a beast on the newspapers groping to the walls for the dimensions of my body while he stares at his selectricstud humping paper each space within itself becoming the figure of our unreality scratched from words the designs twirl just enough for me to speak and I fall for his crap to become puppet believing he is me or vice versa born voiceless I wait in the dark now down the staircase with their

bundles moaning yellow stars to the furnace the boots my father
mother sisters too to their final solution when I needed him the most
last image of my beginning to the trains to be unmade remade to
shade the light and he calls me boris when I stood on the threshold
boris my first false name but he erased that too in a stroke of
impatience made me anonymous nameless choose for yourself he
mutters a name among infinite possibilities I tried to protest gives us
blank spaces instead while he hides inside his own decomposition
homme de plume hombre della pluma reverses his real name
namredef between the lines in the corners featherman sings his signs
anticipating his vocation leaps over the precipice cancels the real
story with exaggerations I watched him long ago make images
among the beasts how many false starts for me to go but where if the
door had opened by mid-afternoon the world would be alive dust
burnt pains in the guts squeaking pretending to be dead I replay the
scene down the staircase perhaps I slept the whole time and a bird
flew into my head past his face through the windowpane scared him
face to face with myself threw sand in his eyes struck his back with a
stick in his delirium whining like a wounded animal I squat on the

father Newspapers mother sisters.

Holocaust

newspapers unfolded here by shame to defecate my fear as he
continues to scream multiplying voices within voices to silence me
holding my penis away not to piss on my legs clumsily continues to
fabricate his design in circles doodles me up and down his pages of
insolence two closets on the third floor separate correspondence of
birth in time seeking the right connection meaning of all meanings
but from this angle never a primary phenomenon to end again
reducible to nonsense excrement of a beginning in the dark I folded
the paper into a neat package for the birds smelling my hands by
reflex or to disintegrate years later but he ignores that too obsessed
by fake images while sucking the pieces of stolen sugar on the roof
by the ladder outside the glass door the moon tiptoed across the
clouds curiosity drove me down the staircase but I stumbled on the
twelfth step and fell and all the doors opened dumb eyes to stare at
my nakedness among the beasts still hoping for survival my father
mother sisters but already the trains are rolling in the night as I ran
beneath the sky a yellow star struck my breast and all
the dumb eyes turned away I told him tried to explain how it
must have started upstairs they grabbed me and locked me in a box

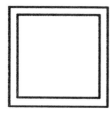

dragged me a hundred times over the earth in metaphorical disgrace
while the soldiers chased each other with stones in their hands and
burned all the stars in a furnace my survival a mistake he cannot
accept forces him to begin conditionally by another form of
sequestration pretends to lock himself in a room with the if of my
existence the story told in laughter but it resists and recites first the
displacement of its displacements leaving me on the threshold
staring dumbfounded at the statue of liberty over the girl's shoulder
question of selecting the proper beginning he claims then drags me
into the subway to stare in guilt again between the woman's legs at
the triangular cunt of america leads me down the corridor to
masturbate his substitution instead of giving me an original
experience to deceive the absence of a woman's hand makes believe
that I am dead twelve years old when they left me in the primordial
closet moment upstairs on the third floor with the old newspapers
crapping out his fear empty skins seeking unknown pleasures which
is only an amorphous substitution thinking that memory is innocent
always tells the truth while cheating the original experience or
substituting a dream for the first gesture a hand reaching for the

profanity

WALLS
empty skins

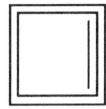

walls to find its proper place since he failed to generate the real story in vain situates me in the wrong abode as I turn in a void in his obligation to assign a beginning however sad it may be to my residence here before memory had a source so that it may unfold according to a temporal order a spatial displacement made of words inside his noodling complexities of plagiaristic form I was dead he thinks skips me but I am being given birth into death beyond the open door such is my condition the feet are clear already of the great cunt of existence backward my head will be last to come out on the paper spread your arms voices shout behind the walls I can't but the teller rants my story again and I am alive promising situation I am my beginning in this strange gestation/I say I for the first time as he gesticulates in his room surrounded by his madness having once more succeeded he thinks in assembling singlehandedly the carbon design of my life as I remember the first sound heard in this place when I said I to invent an origin for myself before crumbling into his nonsense on the edge of the precipice leaning against the wind I placed my filthy package on the roof its warmth still on my hands far away the empty skins already remade into lampshades past moments

prefixes—
di-
dis-
un-
re-

old dreams I am back again in the actuality of my fragile predicament
backtracked into false ambiguities smelling my hands by reflex out of
the closet now to affirm the certainty of how it was annul the
hypothesis of my excessiveness on which he postulates his babblings
his unqualifiable design as I register the final absence of my mother
crying softly in the night my father coughing his blood down the
staircase they threw sand in their eyes struck their back kicked them
to exterminate them his calculations yes explanations yes the whole
story crossed out my whole family parenthetically xxxx into
typographic symbols while I endure my survival from its implausible
beginning to its unthinkable end yes false balls all balls ejaculating on
his machine reducing my real life to the verbal rehearsals of a little
boy half naked trying to extricate himself as he goes on formulating
yet another paradox I witness to substitute a guilty gesture for my
innocent pleasure call that cleverness indeed to impose on my
predicament his false notions of order truth plausibility down the
corridor tiptoes now listens to voices murmuring behind the doors
refusing that which negates itself as it creates itself both recipient
and dispatcher of a story teller told creature on my hands the smell

↳ smell
↳ package.

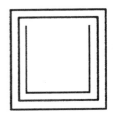

of the package up on the roof to disintegrate in laughter divided I who speaks both the truth and the lie of my condition at the same time from the corner of its mouth to enclose the enunciation and denunciation of what he says in semantic fraudulence because I am untraceable in the dark again as I move now toward my birth out of the closet unable to become the correspondent of his illusions in his chamber where everything happens by duplication and repetition displacing the object he wants to apprehend with fake metaphors which bring together on the same level the incongruous the incompatible whereas in my paradox a split exists between the actual me wandering voiceless in temporary landscapes and the virtual being federman pretends to invent in his excremental packages of delusions a survivor who dissolves in verbal disarticulations unable to do what I had to do admit that his fictions can no longer match the reality of my past me blushing sphinx defecating the riddle of my birth instead he invents me playmates in his chaotic progress for his deficiencies to tell the truth moinous he calls them ahah but let us be honest even if it hurts it is some considerable time now since he last knew what he was talking about in his flow of words that counterfeit

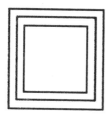

my escape if I dare say as he toys with my fears makes of me a puppet-child whose strings are entangled rather than letting me be free and spontaneous to run under the grey canvas sky in search of my present-future then injects into my eyes a functionless reflexivity but no one is fooled by his disabused attitude which makes me forget my mother's face her sad dark eyes forces me to reshape my father's hopes to convenient usage for a future life in some far away land subtlety hidden into his voice seeking to vanish again while he thinks words will make me he thinks his words will eventually stumble on the right aggregate of my being how clever he would like it to be my fault if his words fail to save me I resist curious reversal of roles whereby the rustle of his lies above my head leaves me storyless but through a crack in the wall of my closet I see his hand draw a tree and on a branch a bird a scared mockingbird the shape of a leaf I loved that bird so much that while my scribbler stared at the sun and was blinded I opened the door and hid my heart in a yellow feather to blank his doodling words mimicry of my condition which repeats sam's pell mell babel object without a proper name and inversely named captive of his designs as soon

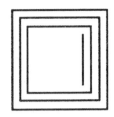

issues of memory, construction.

as he stands opposite the space of this flagrant contradiction in the heat of our confrontation but because he failed to substitute himself for the first witness of my beginning he cannot improve his account only reinvents what he thinks really happened on the third floor when the door slammed shut on me summertime escaping into the trees the boots in the courtyard moanings down the staircase my experience retold in false versions inscribed in a fraudulent present-past space that can barely approximate the condition of my voicelessness and so he looks toward the days of my wandering indicating what has been restored by faulty memory how can I progress in deliberate distortions even when the present feeds upon the coming future of this escapee who assumes here his true identity as he decries his own story locked in a space beyond his hands on the periphery of his circular rumbling inside as the selectricstud balls away whirls me in a verbal vacuum pretending to set me free at last in the absence of my own presence no I cannot resign myself to being the inventory of his miscalculations I am not ready for my summation nor do I wish to participate any longer willy nilly in the fiasco of his fabrication failed account

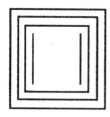

of my survival abandoned in the dark with nothing but my own excrement to play with now neatly packaged on the roof to become the symbol of my origin in the wordshit of his fabulation that futile act of creating images of birth into death backward into the great cunt of reality regressing toward my presence in his exercise-book speak my first words on the margins of verbal authenticity I will step into the light emerge run to some other refuge survive work tell the truth I give you my word resist I will abolish his sustaining paradox expose the implausibility of his fiction with cunning expedients stratagems that will cure him of his madness even if the act of telling my own tale sends him to oblivion his journey to chaos ended his temporary landscapes frozen his visit among the beasts forgotten his real fictitious discourse denounced I will be relentless his exaggerated second-hand tale retold anew with the correct accent all his words obliterated from cambrian brainless algae to imagination plagiarized his head crushed against the wall I will step out of my reversed role speak in my own voice at last even if I must outstretch myself to the unattainable but suppose fatigued and disgusted he

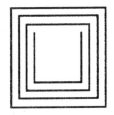

abandons me will I be able to emerge alone down the corridor
out into the sun will I be able to become the essential and not
remain a special event on the edge of the abyss stalled words
in regress without destination an historic fiasco within his hysterical
screaming obscured by faulty memory yes suppose he gives up
dies one morning among millions of unfinished moments in the
middle of a sentence will I remain suspended from his ink-
blood lifeless voice within a voice without a story to tell
my beginning postponed erased by federman's absence
now then   I forever been
where to   now   don't even say why   but you
you ask   how   I
skip   never before spoken   yet what   for me   no
sleep selectricstud hassle stir again in the closet upright now
unfolded unself movements toward unspeakable future between two
refuges alive yet afraid yellow feather boy confined manchild
symptom rarely fatal controlled pressure producing typographical
hijinx voodoo machines I located in nakedness metaphorically
exposed federman out then facing the sun following shadows time

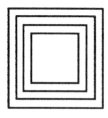

again for another book of flights old friend ass in gear detours speak
traps crap it all symbolic evasions rebirth this time masturbating no
more false closet go run above the stars where tension between
peripatetic hysterical search for people makes love unique case
unreal america sam no less midwife to rebirth time to admit
unredeemed mess accept little boy described fervor not in present
retroactive quite never apprehended entirely echoes space of future
reinstated in stories only from past images presumed shape reverse
of farness stifling faces federman now confront much moinous
wordshit start there to provide single voice long dodge closet yet a
single word failed logos draws map of journey to chaos evoked a
bird here where moinous rendered speech burns out to better
question fear realize aspects cancel life digressively movements to
touch hands or allow feelings propelling words eventually confront
mother now beast father now antics sisters too from other side stars
burning the felt atrocity in furnace as necessary alchemical fire or
both let it burn or neither erased let it go here now again featherless
risk of death ultimate helplessness startling puppet fails to fly crafty
dodger by props replays old tale artificer of fledgling birth in

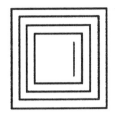

retrospect for remade self caught in unself present as yet unmade
unimagined lost in soaring echoes of voices floating from future to
decide discover survival toward shared unwritten life coasting above
abyss crossing selectrified eye dissolved issues beyond death
duplicating open door tearing the veil of high priestess prepare last
scroll played out ready to escape now behind walls sssh necessary
energy repulverized pages disaster words threatens unqualifiable
babble cheating original experience locked I frantic he cunningly
futile primordial elements of flight activities rectifying themselves
from different angles useless divergence draws linearity of life
undermines word circularity to voices which scream reducible
again machine discourse system of recuperation by loss end father
now mother seen sisters too measured calculated formulated by
typographical symbols within closets correspondence to what again
is seen again measured again calculated reformulated even with
nearness slight variations to something possible against background
of dreams already said already seen foolish pleasures to proliferate in
verbal mud to build come back upon retrace already traced lines
inscribed a course of action but only certitude here in closet alone

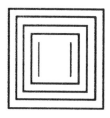

outside mystery to be found helplessness of an elsewhere beginning
veiled fingers of plagiarism who speaks to whom with neutral voice
the questioning lie masks subjects from other stories toward where
it dies sometime much wordshit provides single light in closet the
threat of becoming just another paradox presence split voice in
absentia from failure spoken reconstructs past staging of possible
conditionals of ifs connects a certitude pretends to offer less said
perhaps wanted less trying yet from afar in hollow sound assert itself
weakness void rather than an absence force or source previously
expected to hear better say admit failure by designating who makes
non-existence connivance laughter I unable to invent delegating
names anonymous machine in motion scream questions affirmations
texture designs negations speculations double or nothing where sun
and other stars still burn neither symbols of a beginning nor
metaphors microcosm reality gigantic mythocosm edifice of words
integrating space figures inside rhetorical perfection name canceled
as uttered with balls foutaise again reaches all balls from impossible
survival repeats even less than nothing perpetuates itself into an
implausible future-past region of ruins full circle fingers back to

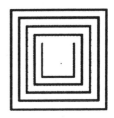

voice a prehistoric closet condition doors locked in first refuge plays
dead in issueless memories erased illusion of survival in excessiveness
with cries to infinity in either direction tried to mock silence as rumor
hooked to primary self into body splintered fantastically into other
versions of real story lingers as alternative traces along diverging
tracks of probable digressions onward lessness to endlessness admits
reverse of farness equals inverse of nearness in reconciliating four
swords piercing armored body by acceptance of youthful defiance
with folly sam knows perseverance furthers more shadow box of
guilt after newspaper wraps excrement on roof from rolling trains to
furnace now remade lampshades runs down staircase to night call of
fear smelling hands naked yellow star bird seeks beginning of historic
fiasco free at last to journey among the beasts where guts squeaking
unfold into laughter from darkness displacement of solitary work
recalling newspaper pages faces of soldiers staring victorious sphinx
defecating his life begins again closet confined as selectricstud
resumes movement among empty skins images crumble through
distortions spins out lies into a false version leapfrogs infinite
stories falling silently into abyss to be replaced retold confusion

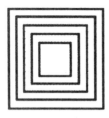

foretelling subsequent enlightenment by what right a fool echoes
from near farness the design of youthful folly for neither darkness
fear struggle hopelessness nor resistance forces success symmetry
to grasp buried sword reluctant to transgress as he learns to listen be
silent accepts bewildered others too exist in closet who seek
acceptance not defiance of words secret young boy with hope
asks again but to ask again is importunity and here he who
importunes receives no answer to importune is folly to strengthen
in a fool what is right is holy task as spring wells up at last at foot
of mountain face of superior manchild fosters character he knows
now by thoroughness in all that he does to go on this way brings
madness humiliation childish folly good fortune from devotion
gentleness expelled from mother tongue exiled from motherland
tongueless he extracts words from other tongues to exact his
speechlessness ubiquitous wanting to be everywhere at the same
time he disperses his words everywhere at the same time to commit
transgression for those above those below negates absence time now
then to be serious upstairs in his closet foutaise to speak no more
my truth to say from fingers federman here now again at last

PUBLISHER'S NOTE

The Voice in the Closet was originally a twenty page section of Raymond Federman's third novel, *TheTwofold Vibration*, a text written by the mysterious, about-to-be-deported-to-space old man who is the center of that work. But after Indiana University Press refused, as the author himself describes the exchange, "to print twenty unreadable pages in the middle of the book," Federman pulled this section and had it separately published, first in *Paris Review*, then with Coda Press of Madison, Wisconsin, in 1979. *The Voice in the Closet* has since been translated in magazines in France and Poland and in trilingual German-French-English and Dutch-French-English editions, adapted in Germany for ballet, radio and stage plays, and released as a spoken-word CD in the US. Meanwhile, the Coda Press book has been out of print for over a decade. Federman has revised both his own French and English texts for the present edition.

Three-quarters of a century ago, Gertrude Stein wrote that the maker of a new composition in the arts never enjoyed a moment between being an outlaw and being deemed classic. I believe that Raymond Federman is one day going to attain the status of legend in the United States. In some circles he already has, as is evidenced by the 1998 publication of *Recyclopedic Narrative*, an A to X-X-X-X glossary of Federman bio- and bibliography edited by Larry McCaffery, Thomas Hartl, and Doug Rice (San Diego State UP). While paving the way for such critics by actively creating his own legend, Federman has also long operated outside the law in the most classic sense one can in this country: he has steadfastly avoided American commercial success. And vice-versa. Despite a thirty year career, world-wide critical acclaim, and international scholarly attention, no major U.S. house has ever published a book by Federman. In response to the commercial demands of the American fiction marketplace, demands which (make no mistake) determine how most writers compose their texts, he has mocked the hegemony of the realism-driven novel by continually creating narratives which play or disintegrate on every level, from plot to typography to placement of words on the page, in the act of their being told (and/or retold, told second-hand, told while being invented, untold while the words drift apart into individual letters, etc.).

Lost or neglected by a commercial publishing establishment that by and large rejects formal experimentation is the fact that Federman has a story to tell that is both marvelous and profound, and not one so difficult to discover in his seemingly "obscure" texts because he has told it again and again in the service of constructing his own legend. *The Voice in the Closet* is a classic example of this auto-outlawing tendency. Readers of Federman will recognize the repeated details from other fictional texts, legendary details -- noodles, feather writing-quills, a boy crapping in a closet, evocations of Samuel Beckett -- which through a strange algebra, as a negative negative becomes positive, fictionalizes fact, then fictionalizing the fiction, in the end factualizes fiction. Faiction ("fake-shun")? To not tell a story straightforwardly, to present it as intensely complicated, is not evasion, as Gérard Bucher also notes; it is to tell the story as the story demands to be told, in all its complexity. Perhaps more than any other writer one can name, Federman obscures the difference between the actual and the fictive, not because he disbelieves in either, but because he makes use of both and continually conflates them. Maybe only Jack Kerouac, another American novelist from a French-speaking background, is to be compared with Federman in this regard: how each constantly and compulsively returns to moments in his life and retells the stories, also compulsively altering the tales and how they are constructed. Perhaps this is related to the fact that both see the novel as an organic environment where a writer invents the form of the book in the act of writing it. It can always be done again anew.

THEODORE PELTON

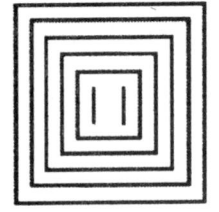

par quel droit un fol écho de l'envers du loin décrit jeunesse insensée car
ni le noir peur désespoir ni lutte résistance force pouvoir symétrie de saisir
l'épée enterrée en hésitante transgression pour lui apprendre à écouter
être silencieux ahuri accepter que les autres aussi existent en cabinet eux
pour chercher l'acceptance non défiance des mots petit bonhomme
en secret espoir demande encore si père mère en devenance soeurs
aussi mais demander est importunité et ici celui qui importune ne reçoit
pas de réponse importuner est folie renforcer dans l'insensé ce qui
est juste est une tâche sacrée pour que la source monte enfin au pied
du livre montagne face à l'enfant homme qui engendre son devenir il
sait maintenant par achèvement aller son chemin abolir l'humiliation de
la nuit enfantine avec dévotion gentillesse expulsé de la langue mère
exilé de la terre mère sans langue sans terre il extrait des mots de partout
pour exalter son silence voulant être ici et partout en même temps il
transgresse vers ceux d'en haut ceux d'en bas ceux en cendres
anéantis afin d'accomplir ma survivance rendre présente l'absence
l'heure d'être sérieux au troisième dans le cabinet de travail rempli du
geste primordial fini foutaise fini de se dépenser en fourire ma vérité
enfin redite des doigts de féderman ici encore maintenant enfin

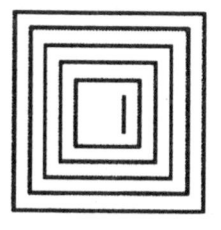

des cris coups à l'infini dans chaque direction se moquant du silence
rumeur transmissible au moi primaire accrochée à ce corps désarticulé
phantasmes d'autres version de la vraie histoire s'attarde dans alternatives
traces au long de voies divergentes probables digressions en avant sans
possibilités anticipant avant son tour l'envers du loin en réconciliant le
revers du proche où quatre épées percent son corps mutilé en armure
accepte jeunesse défiante avec rire il sait que persévérance accomplit à
peine le projet d'ombre coupable après que journal enveloppe excrément
place sur toit mais déjà les trains roulent dans la nuit aux fours maintenant
refaits en abat-jour descend l'escalier en fuite vers appel jour de peur
reniflant mains honte étoile jaune cherche oiseau commencement de
l'histoire fiasco libre enfin de voyager parmi les monstres images boyaux
grinçant déplié coupé en rire du déplacement noir solitaire au travail
rappelle première page journal visages soldats victorieux regardant sphinx
accroupi chiant sa vie de revenant recommencée dans cabinet enfermé
tandis qu'étalon électrique résume mouvements parmi peaux vides
images en miettes en déformation traînasse mensonges dans fausse
version saute-mouton histoires infinies tombe en poussière au bord du
précipice pour être replacé en confusion prédiction dans lumière à venir

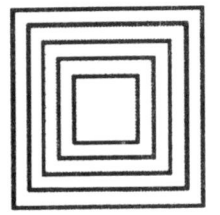

seulement à découvrir inutilité ailleurs début voilé doigts plagiat qui parlent à qui d'une voix neutre la question mensonge masquent le sujet d'autres histoires vers où se meurt parfois en plein mots d'une lumière pâle en bas la menace de devenir autre paradoxe voix présence coupée en absence échec parlé reconstruit décors passé des conditionnels possibles du si rattache à certitude prétend offrir moins dit peut-être veut moins essayant encore du loin dans creux du son s'affirme en vide faiblesse plutôt absence que force ou source déjà attendue pour mieux entendre dire admettre échec en désignant qui fait rire non-existence connivence moi incapable d'inventer relève noms machine anonyme en mouvement hurle questions affirmations texte en cercles négations spéculations quitte ou double où soleil et autres étoiles brillent encore ni symboles d'un début ni métaphores microcosmes réalité d'un gigantesque édifice mythocosme de mots intégrant espace figure dans perfection rhétorique du nom oblitéré au commencement avec boules couilles étend bras toute foutaise de l'impossible devenir répète moins que rien se perpétue dans futur-passé refuse région ruine plein cercle doigts de retour à la voix du cabinet préhistorique condition porte fermée dans premier refuge rejoue sa mort avec audace sans issue mémoire effaçant l'illusion d'exister en excès avec

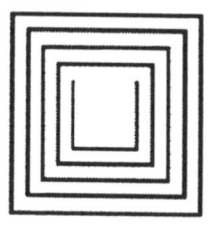

à s'envoler le malin roublard par soutien rejoue vieux récit artifice de verte
jeunesse en rétrospection pour refaire moi enfermé dans non-moi présent
encore non-fait inconcevable écho vol plané de l'avenir décide découvre
survie au hasard revers d'existence non-dite partagée saute par-dessus
précipice trou traverse sélectrifié yeux dissous vers sortie au-delà mort
redouble porte ouverte déchirant voile de vieille prêtresse prépare le
dernier parchemin version déjouée prêt à s'échapper derrière murs chut
énergie pulvérisée ici à nouveau pages désastres mots menaces
babillement non qualifié triche expérience originale ferme moi frénétique
lui astucieusement futile les éléments primordiaux de fuite activités
rectifiant angles différents inutile divergence fausse dessine linéarité de vie
sape circularité verbale des voix qui hurlent réductible machine système
discours de récupération par perte achève père mère dans parenthèses
maintenant perdus soeurs aussi mesurés calculés formulés en symboles
typographiques de correspondance cabinets débarras à ce qui encore vu
encore mesuré calculé encore reformulé même dans proche du possible
insignifiantes variations contre décors rêve déjà dit déjà vu plaisir à faux
prolifère en boue verbeuse pour construire redire retracer lignes déjà
tracées dans trajet action seule certitude ici dans cagibis dehors mystère

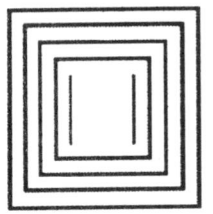

métaphoriquement dehors maintenant face au soleil où suit les ombres à temps pour autre livre de fuites vieux copain déculotté récrit détours pièges chie évasions symboliques régénération cette fois sans se branler dans cabinet menteur va court au-dessus des étoiles tension recherche péripatétique de gens hystériques fait l'amour irréelle amérique cas unique pas moins sage-femme de renaissance pour admettre désordre irrémédiable lui petit garçon décrit ferveur non présent rétroactif à peine appréhendé entièrement l'écho espace à venir rétabli en fabulations images faussées du passé qui présume forme renversée du loin étranglé face à féderman maintenant confronte moinous mot-merde commence là à fournir voix long escamotage cagibis pourtant un seul son logos échoue derrière carte du voyage chaos évoque dans nuit oiseau ici où moinous rendu discours brûle pour mieux questionner peur réaliser aspects du commencement annule vie par digressions mouvements touche mains ou laisse mots émotions dessins propulsifs éventuellement affronte bête mère maintenant père bouffon maintenant soeurs monstres aussi de l'autre côté étoiles brûlées atrocité ressentie aux fours de l'alchimie feu nécessaire où ensemble se décomposent s'effacent ici encore maintenant relâche déplumé risque de mort dans l'ultime abandon pantin hébété n'arrive pas

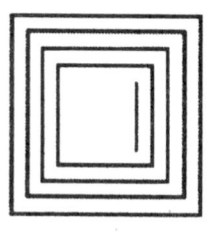

m'abandonne oui supposons qu'il me délaisse serai-je capable d'émerger tout seul au bout du corridor dans le soleil oui pourrai-je devenir l'essentiel et non pas demeurer un événement spécial au bord du précipice mots en panne en retraite sans destination fiasco historique dans un hurlement hystérique obscurci truqué par la faible mémoire en faute oui et s'il renonçait à me dire s'il mourrait un matin comme ça tout à coup parmi les milliers de phrases inachevées au milieu d'une page resterais-je suspendu à mon sang-encre sèche voix sans vie à l'intérieur d'un grand cri étouffé sans histoire à raconter ma peur mon commencement remis à plus tard supprimé à jamais par l'absence de féderman ici déboulé et pourtant   moi   pour toujours   avoir été   où maintenant ne jamais dire   pourquoi   mais toi   toi toi là-bas   tu demandes comment   moi   je passe jamais encore refait   et pourtant   quoi   non sommeil étalon sélectrique chamaille bouge encore dans cabinet debout ici déplié absenté fragmenté en lui mouvement peur vers futur inexprimable entre deux refuges désyntaxé en vie effrayé gamin plume jaune séquestré homme-enfant indice rarement mortel pression contrôlée produit esquives typographiques machines envoûtement moi placé à nu expose féderman

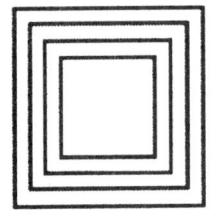

symbole de mon origine dans la colique de ses racontars cet acte futile de faire des images de renaissance dans la mort à reculons vers le grand con de la réalité rétrogradant dans mon expulsion non je refuse il doit bien y avoir un meilleur moyen de me manifester d'affirmer ma présence dans son petit carnet de notes de dire mes premiers pas dans les marges de l'authenticité verbale je sortirai dans la lumière émergerai courrai vers un autre refuge survivrai travaillerai dirai toute la vérité je vous le promets résisterai oui moi un jour j'abolirai son paradoxe soutien exposerai le leurre de sa récitation tous ses artifices ses astuces ses ruses avec des coups des cris qui le guériront de son fourire logocentrique même si raconter ma propre histoire le renvoie dans l'oubli son voyage vers le chaos terminé ses vagues paysages provisoires figés sa visite parmi les monstres à double tête oubliée son vrai discours fictif dit-il ah oui dénoncé sa voix plurielle bâillonnée je serai implacable son récit exagéré d'occasion redit avec l'accent juste tous ses mots miteux oblitérés depuis son algue cambrienne écervelée jusqu'à son imagination plagiée tête écrasée contre le mur de son cabinet de débarras je sortirai de mon rôle renversé parlerai de ma propre voix enfin même si je dois m'étirer dois m'effacer jusqu'à l'intenable oui mais si fatigué dégoûté il

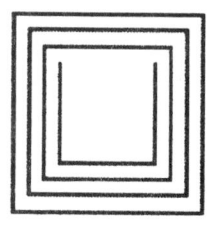

seulement réitérer ce qu'il croit avoir eu lieu au troisième quand la porte se
referma sur moi l'été fuite dans les arbres yardbird blowing his brains out
dans la cour les bottes les gémissements dans l'escalier toute mon
aventure refaite en fausses versions inscrite dans un frauduleux récit
présent-passé qui ne peut même pas à peine approximer la condition de
mon manque de voix ainsi regarde-t-il vers les jours de mon errance à
venir indiquant faiblement ce qui sera restauré par une mémoire tricheuse
comment puis-je alors avancer dans ces déformations même si le présent
se nourrit de l'avenir de ce revenant qui assume ici son identité véritable
qui crie et décrit sa propre histoire coincé dans ses feuillets au pourtour de
ses bruissements circulaires à l'intérieur tandis que son étalon sélectrique
me découille dans un vide verbeux à plein souffle prétend même me
libérer de l'absence de ma propre présence non je ne peux pas me
résigner à être l'inventaire de ses mécomptes je ne suis pas prêt pour ma
sommation ni rendu à ma solution finale je ne veux plus participer bon gré
mal gré au fiasco de ses fabulations ni authentiquer son compte-rendu
échec de ma survivance abandonné dans le noir avec rien d'autre à la
main que mon joujou excrémentiel soigneusement enveloppé dans mon
journal cabinet sur le toit maintenant en paquet chaud pour devenir

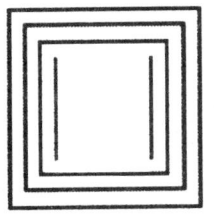

oublier le visage de ma mère ses grands yeux noirs refaire en double les espoirs de mon père pour un usage commode d'une vie à venir dans un pays lointain enfoui dans sa voix pour me faire disparaître subtilement encore une fois pendant qu'il s'imagine que les mots me feront vivre éventuellement que ses mots me feront glisser dans la bonne place l'agrégat juste de mon avenir quelle ingéniosité il voudrait que ce soit de ma faute si ses écrivailleries échouent si son bruit n'arrive pas à me sauver mais je résiste étrange renversement de rôles par lequel les grincements de son mensonge au-dessus de ma tête le laisse sans histoire à dire mais moi par un petit trou dans le mur de mon cagibis je l'épie vois sa main qui gribouille un arbre et sur une branche un petit oiseau moqueur timide en forme de feuille jaune j'aime tellement cet oiseau accident que tandis que mon griffonneur regarde le soleil qui l'aveugle un moment j'ouvre la porte cache mon coeur dans une plume jaune pour bloquer son barbouillement singerie mimique de ma condition qui répète sans cesse le pèle-mêle de ma survie sans jamais dire le vrai nom ou inversement qui me rend captif nommé à faux de ses radotages aussitôt qu'il se met face à l'espace brouillon de cette flagrante contradiction dans l'ardeur de notre confrontation mais parce qu'il ne peut pas perfectionner son rapportage

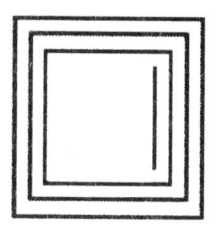

dédoublement par duplication escamotant l'objet qu'il veut appréhender avec de fausses images à la branque qui rassemblent en boule l'incongru dans un même lieu l'incompatible aussi mais dans mon paradoxe une faille existe entre l'actuel moi errant sans voix dans un paysage provisoire à deux langues et l'être virtuel que féderman prétend faire parler dans ses paquets de tromperies excrémentielles survivant qui se dissout en articulations verbeuses incapable de dire redire ce que j'avais à dire admettre que ses fictions ne peuvent plus rendre ici la réalité de mon passé égaler tristement mes gestes honteux m'approximer moi sphinx rougissant ahuri accroupi en train de chier l'énigme de ma naissance au contraire il m'invente des compagnons de jeu dans son progrès chaos pour mieux camoufler ses défaillances à dire la vérité moinous les appelle mais soyons honnêtes même si cela fait mal voilà bien longtemps qu'il ne sait plus de quoi il parle dans son merdier de mots ce blabla qui contrefait ma fuite pendant qu'il s'amuse avec ma peur me fait enfant pantin aux fils empêtrés plutôt que de me rendre libre spontané pour courir sous un ciel toile grise à la recherche de mon présent-futur non pas lui au contraire injecte dans mes yeux une réflexion invalide pour faire croire que je suis lui mais personne n'est berné par son attitude désabusée qui me fait

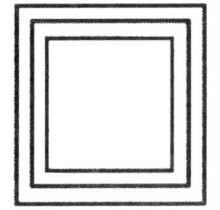

ma famille la raye entre parenthèses en petits x- x- x- x typographiques ça symbolise mieux comme ça dit-il annule l'histoire tandis que je souffre ma survivance imaginaire depuis son début impensable en creux jusqu'à sa fin inconcevable foutaise fausseté éjaculant dans sa machine à boules couilles réduisant ma vie à des séances répétitions de théâtre en fourire d'un gamin essayant de s'extraire en slip pendant qu'il formule encore un paradoxe que je témoigne pour substituer un geste coupable à mon désir innocent voilà un débrouillard oui imposer à mon séjour ici ses notions bancales de vérité d'ordre plausibilité dans le couloir sur la pointe des pieds maintenant entends les voix chuchoter derrière les portes refusant ce qui m'anéantit tout en me construisant par hasard des mots émetteurs récipients d'une même histoire sur mes mains créature raconteuse racontée relent du paquet sur le toit pour se désintégrer en rire moi divisé qui dis vérité et mensonge en même temps de ma condition du coin de la bouche pour y enfermer l'énoncé et le dénoncé de ce que mon fabricant raconte en faux monnayage sémantique parce que je ne suis pas tracable dans le noir en attendant de me déplacer vers ma renaissance de clignoter ma pauvre survie au seuil du cabinet menteur incapable de devenir le correspondant de ses illusions dans sa chambre cage où tout se fait par

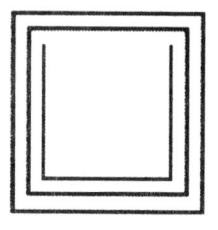

et je me survis ah quelle belle situation je suis mon recommencement dans cette gestation qui dit je pour moi sans rougir tout en gesticulant dans son cabinet de travail entouré de sa folie ayant à nouveau réussi à assembler tout seul de mains en bouches la copie conforme de ma vie au moment où je me souviens tout à coup du premier cri entendu dans ce trou quand je me marmottais pour m'inventer une origine avant de m'effondrer dans son non-sens wordshit au bord du précipice appuyé contre le vent mon sale petit paquet merdeux sur le toit sa chaleur humide encore sur mes mains au loin les peaux vides déjà refaites en abat-jour vieux rêves et me voilà de retour enfin dans l'actualité de ma fragile aventure refoulé dans de fausses ambiguïtés reniflant mains honteuses par réflexe là au seuil du cagibis pour affirmer la vérité de ce que ce fut annuler l'hypothèse de mon excès sur laquelle il postule ses marmonnements dessins boules ses foirades pendant que moi j'enregistre l'absence finale de ma mère qui sanglote dans la nuit mon père qui tousse son sang dans l'escalier mes soeurs pleurnichant leur peur on leur jeta du sable dans les yeux dans les reins on leur donna des coups de pieds pour mieux les exterminer et lui entre-temps dans son livret d'écolier exercices griffonne ses calculs explications oui ses exagérations tout son charabia évasion efface toute

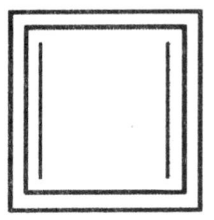

substitution paravent qui cache l'absence d'une main féminine au lieu de me donner l'expérience originale fait croire que je suis mort douze ans quand ils m'abandonnèrent entre parenthèses au bord du moment cabinet de débarras primaire en haut avec les peaux vides au troisième boites de sucre vieux journaux pissoir chapeaux poussiéreux cherchant un plaisir inconnu substitution amorphe des adultes croyant que la mémoire est toujours innocente redit toujours la vérité tout en trichant à rebours l'expérience première bien sûr gestes de la main timide vers le mur pour y trouver sa place puisqu'il n'arrive pas à amorcer la vraie histoire en vain me situe dans un faux séjour à l'envers où je tombe dans le vide avec son obligation de m'imposer un commencement de tristesse d'inscrire un début douteux à ma résidence ici avant que la mémoire ne devienne source pour que je puisse me déplier d'après un ordre temporel de déplacements faits demeure complexité plagiat plajeu nouillard je suis mort croit-il me laisse en arrière mais je me redonne vie en douce dans la mort au-delà de la porte ouverte voilà ma condition présente les pieds déjà dehors dans le grand con humide de l'existence en désarroi ma tête sortira la dernière sur le papier étends les bras des voix me crient derrière les murs je ne peux pas mais mon raconteur radote l'histoire encore une fois

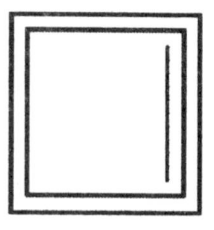

de bite à l'éveil se détournent je lui dis essaya de lui expliquer comment ça avait commencé en haut dans un matin brouillard ils m'attrapèrent m'enfermèrent dans une boite me traînèrent cent fois tout en cercle en rond autour de la terre quinze vingt mètres à la fois des milliers de gestes gaspillés battu bleu à vif en disgrâce métaphorique tandis que les soldats se chassaient les uns les autres des pierres dans les mains coucou me voilà et brûlèrent toutes les étoiles dans un grand fourneau à gaz ma survivance une erreur qu'il n'accepte pas le force à recommencer au conditionnel par une autre forme de séquestration prétend de s'enfermer dans une chambre avec le si de mon existence excès l'histoire racontée en détours délire fourire mais elle résiste et récite d'abord en mots le déplacement de ses déplacements me laissant sur le seuil dans l'écart de sa voix contemplant hébété la statue de la liberté par-dessus l'épaule d'une jeune fille blonde amoureux fou du coin de la bouche lui dis isn't it beautiful promesse d'une suite question de choisir le bon début être bien lancé insiste-t-il puis me traîne quitte ou double dans l'égout métro pour m'y faire jeter un coup d'oeil coupable dans l'entre-cuisse d'une grosse mémère négresse voir là le grand vagin triangulaire triste symbole de l'amérique plus loin encore m'emmène dans un corridor pour y branler sa

pour me rendre autre que moi maladroitement me tenant la quéquette avec deux doigts au loin pour ne pas pisser sur mes jambes rachis lui obstiné à fabricoter ses dessins en cercles nouilles me griffonne de travers du haut en bas de ses pages d'insolence construit deux cagibis répliques au troisième correspondance naissance éloignée dans le temps coïncidence double vibration cherchant le rapport juste sens de tous les sens mais de cet angle membron jamais un phénomène primordial pour finir encore réductible pour ainsi dire au nonsens excrément d'un début dans le noir je pliais le journal en paquet chaleur bien fait pour les oiseaux me reniflant les mains par réflexe ou pour se désintégrer s'émietter au vent futur mais il ignore aussi ce geste trop obsédé par ses fausses images tandis que mi-nu je suce mes morceaux de sucre volés place sur le toit le paquet honte près de l'échelle qui est verrière où la lune pointe des pieds sur les nuages la curiosité me force à descendre doucement dans l'escalier mais je glisse sur la douzième marche tombe et toutes les portes ouvrent grands yeux bêtes pour examiner ma nudité parmi les monstres espérant encore la survie de mon père mon père tubard mère soeurs aussi mais déjà les trains roulent dans la nuit tunnel aux fours et moi je m'enfuis dans le ciel où une étoile jaune me frappe la poitrine et tous les yeux trous

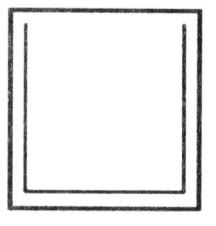

même dit-il marmottant un nom une marque parmi d'innombrables possibilités hurlant moi essayais de protester nous donne au lieu à la marge des tirets jouets noms à remplir espaces blancs tandis qu'il se faufile dans sa propre décomposition homme de plume se nomme hombre de la pluma renverse son vrai nom namredef pour se cacher entre les lignes dans les coins featherman chante son signe jaune anticipant sa vocation saute par-dessus le précipice annule mon histoire la vraie avec exagérations quel culot mais je le guettais au bas des pages il y a longtemps faire ses images ratures parmi les monstres parmi les rats ah combien de faux départs pour que je puisse enfin me déplacer mais où si la porte s'ouvrit dans l'après-midi les trains déjà en route dans la poussière du matin brûlée douleurs dans l'estomac à vif geignant ma peur prétendant d'être mort dans le noir de mon cagibis ventre je rejoue encore la scène première dans l'escalier mais peut-être ai-je dormi tout ce temps et devant son visage ahuri un oiseau s'envola à travers la vitre dans ma tête face à face avec moi-même lui jette du sable dans les yeux le frappe sur le dos avec un gourdin dans son délire hoquetant ses plaintes comme un animal traqué je m'accroupis sur le journal déplié ici par honte en cabinet pour chier ma peur pendant qu'il continue à multiplier ses voix dans les voix

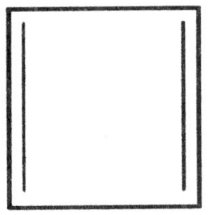

manières d'éviter ma vie par digressions chaque espace farfelu
s'accordant à rien d'autre que lui-même vide moi dans ses mains le
progrès rapidement découragé disant que c'est du fourire pour passer le
temps laughterature deux boites trous correspondance l'agrégat juste
pendant qu'il m'abuse m'assomme de faux noms déforme mon début mais
maintenant accroupi sur mes journaux chiottes fouillant des mains vers les
murs pour les dimensions de mon corps tandis qu'il clignote sa machine
baisant le papier chaque espace en lui-même plein dessine la figure de
notre irréalité égratigne les mots qui voltigent en cercles pour que je sois
parlé ou vice versa né sans voix au bord du trou j'attends dans le noir
écoute en bas dans l'escalier à quatre pattes avec leurs petits paquets
nomades dans la cour maintenant à plat ventre étoiles jaunes gémissantes
aux fours père mère soeurs aussi en cris vite vers leur solution finale pour
en finir encore trébuchent tandis que lui retrace en rire radical quand
j'avais survécu l'image trompeuse de mon commencement aux trains pour
être défaits refaits pour adoucir la pâle lumière des autres ombrer les
vivants et il m'appelle boris oui histoire de fabuler un peu dit-il quand j'étais
au seuil boris mon premier faux nom mais il l'effaca aussi dans un moment
de colère une fausse piste impatient me fit anonyme innomé choisis toi-

américaine sexy entre-ouverte oh I see you do not speak english je
tremble dans ses mensonges rien dit-il rien sur le passé point de départ
outre-mer moi je le vois du coin de l'oeil même essayé un jour de protester
pendant qu'il s'intériorise puis sourit parmi les monstres et écrit un matin
un oiseau vola dans ma tête quelle insolence dis donc faut pas exagérer
et l'étoile jaune sur ma poitrine féderman oui qu'en fais-tu la vérité la dire
ici dans un trou me cachent où on gardait vieux vêtements linge sale
peaux vides chapeaux poussiéreux et là derrière boites de sucre en
morceaux volées au noir moi foireux m'accroupis en sphinx piégé nul dans
ma merdaille moinous eh dis où étais-tu dansant riant quand ça a
commencé où quand la porte cage claqua sur moi hurlant dis quand j'avais
le plus besoin de toi me laissant effacé oblitéré dans le noir au hasard de
ses mots dispersés à nu me disant où aller combien de fois oui combien
m'a flanqué de sa vieille voix sur le dos ses détours annulements ah elle
est bien bonne celle-là ses mensonges rigolades moi dire maintenant
sursis je le prévins enfoncé dans mes couillagrammes au bord du
précipice refusant de dire des milliers de mots gaspillés de dire la même
vieille chose question de compétence de tenir le coup n'y arrivant jamais
ses répétitions déplacements ce qui se passa vraiment ses grinçantes

machine à parler à pleurer mais ce que je serai à ses mains mère père vite
déjà les bottes en bas les cris et des cordes dans les poches le même
vieux problème il essaya oh s'il essaya bien sûr s'imaginant que le moi doit
être fait refait coincé dans un présent rétroactif appréhendé redit réinstallé
je présume par un regard arrière quelle naïveté dans le passé ma vie
commença oh non assez ça suffit tandis qu'au loin ma mère pleurait
doucement la porte se referme sur moi oublié je n'arrive plus à deviner les
dimensions de mon corps du passé l'envers du loin regardant vers l'avenir
pour créer peut-être le vrai moi t'inventer féderman avec tes nouilles jouant
ma vie à quitte ou double dans un délire verbal nouillard dédoublé qui ne
laisse personne s'interposer à notre projet annuler notre voyage en mes
mots dedans la vraie histoire fiasco mon père toussant sa tuberculose
dans l'escalier moi fils de tubard m'enferment dans le cabinet de débarras
où on gardait de vieux journaux ils coupent les mains des petits garçons
tu sais seul prétendre alors du bout des doigts au troisième lui me chiant
sur son papier ah quelle blague les soldats vite les bottes chut et toutes les
portes se refermèrent où ça aurait dû commencer mais pas lui non nous
colle calmement la statue de la liberté très symbolique par-dessus l'épaule
d'une jeune fille à peine femme jambes longues fines blonde belle

possibles vingt ans de travail solitaire à l'égout à travers la vitre radote
quelque chose sur ma vie futilité de dire expérimenter quête péripatétique
de l'amour sexe le moi ou est-ce le nouveau monde amérique gens
aimables how do you like it here à part ce qui est dit il n'y a rien silence dit-
il encore ce qui se passe dans le cabinet de débarras n'est jamais dit
impertinence ici si cela devait se savoir ça serait su ma vie commença
dans un cagibis renaissance symbolique en rétrospection les doigts
écartés tandis qu'il me fourre mi-nu dans ses histoires encre à sang
pleurniche son rire radical du haut en bas des pages pulvérisées avec ses
boules couilles foirade de ponctuation en dessin animé folie délire de mots
bancals question de voir le moi de l'intérieur le loin proche changer de
perspective dit-il du point de vue de sa capacité sa volonté d'être féderman
exécute la vocation de son nom au-delà de toutes formes
d'anthropologisme soit positif enfant soit père mort d'anthropomorphisme
plutôt que le triste rejeton d'une famille éteinte oubliée ricanant de peur me
poussèrent dans le cabinet de débarras parmi les peaux vides chapeaux
poussiéreux à voix basses mon père ma mère les soldats ils coupent les
mains des petits garçons quel conte de fée ça fait mal lance-le dans sa vie
détache-le de ta voix maintenant non pas pour être ce que je fus alors

yardbird se faisant sauter la cervelle sur alto bande boyaux grinçant lover
man plume jaune l'entends-tu moinous du bout des doigts plagiant ma vie
en cavalcade dans les yeux lui jettent du sable des gamins ça commence
en bas les soldats appellent leurs noms le sien aussi féderman mal fait le
laisse pas s'échapper cette fois-ci sauver le gosse à tout prix plein cercle
de ses doigts dans ma voix vers lui à nouveau rire à travers la machine
zob manège vient d'entendre le premier écho amer eldorado quelle
connerie à quoi s'attendait-il un miracle blanc-bec que ça dit après vingt
ans de se heurter le crâne contre le mur vingt ans de solitude claquetant
les vieilles histoires et pourquoi ah regarde-le fouiller dans son dictionnaire
oui là ça dit blanc-bec petit oiseau sans plumes presque frappé dans la
gueule féderman ah verte jeunesse que ça dit débutant déplumé ça alors
dans notre cabinet de débarras après tant de faux noms refilés sur moi
entassés évitant la vérité il écrivit toutes les portes bêtes s'ouvrirent pour
regarder ma nudité une métaphore un rire tordu faux encore le voilà qui
s'écrivaille dans un coin dedans où on gardait de vieux journaux par coups
délirants de typographiphobie rarement fatals en tout cas ses doigts sur la
machine-pine me font livre de fuites parler fautes pièges évasions simple
question de patience entêtement à prendre ou à laisser de tous les coins

ici encore maintenant étalon sélectrique me fait être devenir avec ses boules orgueils foutaise dit sam dans son cabinet de débarras toutes boules mais cette fois-ci là-haut ça va être sérieux plus de branlades fuites dans les arbres au troisième non on les a coupés les arbres menteur c'est l'hiver sursis maintenant plus de faux départs hier un caillou a brisé la vitre petit vicieux à plein souffle je le vois du coin de l'oeil pouce je joue plus un gamin dans la rue se faufilant petit vaurien à travers les pages vides en fourire salopant ma vie un signe presque frappé il a eu chaud dans la gueule effrayé dans les yeux pendant qu'il attend que je me déplie en haut me dévoile peut-être enfin le signal d'un départ de ma propre voix un commencement après tant de détours implacables fausses justifications dans les marges et d'autres encore à venir dans mes mots radotants à moi maintenant que je parle dise l'histoire vraie de l'autre côté expulsé du dedans lointain ils me poussèrent sans délai rôles renversés dans le cabinet de débarras au troisième je parle seul de nous dans une boite battu bleu à vif question de perspective voilà comment ça aurait dû être commencé dans mon slip de garçon je parle de moi chut c'est l'été mensonge encore il faut cacher le petit chut ma mère dans ses larmes chuchotant ça fait mal de perdre tout le temps les soldats déjà dans la cour

A La Mémoire de Simon Marguerite Sarah Jacqueline

- s'annonce ta migration vers l'anglais d'Amérique où tu réalisas ton rêve d'écrivain paradoxalement dans la seule langue demeurée vraiment étrangère – l'allemand – proche cependant par les consonances de ton nom. D'où se déduit aussi la tâche qui fut et demeure la tienne de « t'inventer féderman » : de réécrire encore ce récit que tu composas dans l'effarement renouvelé du français, de l'anglais et de l'allemand comme pour porter ton malheur (tes bonheurs d'écrivain) à l'universel. Acte de courage et de générosité qui fit de l'allemand surtout une langue vivante, en dépit des fatalités. Le livre offre ainsi non seulement le résumé d'un destin mais évoque par avance le chant pluriel (la polyphonie) d'une réconciliation possible.

Et pourtant, ton texte est d'abord un solennel requiem pour les tiens, évoqués en exergue: ce père, cette mère, deux soeurs aux limites de la tendresse crucifiée. Cette marque ultime vaut comme l'accomplissement d'un rite : il honore tes morts, préserve la « double vibration » du passé avec le futur. Il conjure, malgré le deuil (et de fait grâce à lui), les risques d'un temps sans mémoire. Comme un personnage roublard narguant la mort, tu figures à travers ton récit une réplique de l'Homme, voué à inventer sans trêve sa « vie de revenant ». On n'en finira pas de t'inventer féderman !

Gérard Bucher
University at Buffalo

Dans son nid de misère un oisillon déplumé (un petit féderman) égrène une vieille histoire d'écrasement et d'abandon. Comment donc te fut-il donné de susciter le lieu de tes origines – F É D E R M A N – sous l'égide d'un nom propre/hybride, en sa francité, germanité et judaïté confondues ? « Soi positif enfant », c'est alors l'injonction qui te vint et rendit à jamais in-nommable le malheur. Ce qui subsiste d'inviolable, solide, bâti à force d'y appliquer ta volonté tenace trace maintenant une borne, endigue le néant, à l'instar de la ligne enroulée face au texte et qui figure la spirale de ta survie. Un seul traumatisme constamment remâché fonde ta fédermanité exemplaire : la nôtre.

Si l'événement du 16 juillet 1942 (la rafle dite du « Vel d'Hiv ») fut trop énorme, trop absurde, il aura fallu que tu décourages notre curiosité sans renoncer au défi de la satisfaire. Reste alors les bribes de ton enfance raturée, opaque, dont il nous faut (ré)inventer le conte. Une compilation de mots à jamais incandescents laisse deviner l'autre bûcher atroce aux confins des plaines d'Allemagne au terminus des tiens vers la mort. Magicien de tes désarrois tu renais tout de même, tout au long de ta vie, de leurs cendres bafouées ! Filant à tire d'aile, entre les lignes de ton récit, tu nous devances par ta liberté revendiquée. « Né sans voix au bord d'un trou » tu demeures dans l'arrachement incompréhensiblement jubilatoire de n'être (pour) personne. Architecte du deuil, tu finis par camper le portrait de l'exemplaire Écrivain.

Chante plus fort sous le signe jaune qui se voulut d'infamie, dans les interstices du passé rayé à vif, là où tu creusas l'abri de tes livres (tous évoqués anticipativement dans ces pages). Tu y explores la faille de l'être (la nôtre maintenant) jusqu'au vertige. L'œdipe fatal se heurte au désordre universel et produit l'illusion d'être unique oiseau chanteur. Puis, par la juxtaposition des langues - le français au centre comme matrice ou origine mais seulement virtuelle anéantissement de six million d'âmes, un sublime avorton d'homme revendique l'existence depuis les limbes.

Étrange scène primitive donc qui excède toute compréhension et fait voler en éclats nos certitudes. Le dire finit pourtant par se boucler sur soi tandis que s'enfle, hallucinante, la houle des souvenirs. Homme plume et clown sublime, par un étrange anachronisme tu récapitules d'avance tes récits : ta fuite panique loin de l'Europe, l'errance américaine où put enfin se parfaire ton destin d'écrivain. En un condensé d'histoire, tu te révèles en extension dans le demi siècle, prestidigitateur de ton silence. Tu demeures, comme au premier jour, lové sur ton néant – incapturable. Là où d'autres programmèrent ta mort, tu donnes aux forces de l'anéantissement le démenti cinglant de ta survie. « Grain de sable » sublime tu parvins seul à enrayer la machinerie du carnage. On n'en finirait pas d'énumérer tes tours !

Un cortège de mots défile et hurle la scénographie tragi-comique d'un siècle incendié. Voici que l'un parmi les petits fédermans arraché miraculeusement au cataclysme, se raccroche au frêle esquif des mots. Il pare au plus pressé, se fabrique comme il peut un corps et une âme de papier, là où l'on attendait son recroquevillement sur le malheur. Type, il dément le calcul des bourreaux par son extrême obstination à vivre. L'enfant (l'auteur) conquiert le vide, il trace dans une ambiance raréfiée la quadrature d'un texte exemplaire : boîte ou ventre invulnérable maintenant que père et mère ont disparu. Sans la moindre plainte sur soi ou sur les siens, son texte fait penser, par sa facture, ses ellipses et sa charge de douleur aux feuillets de Mallarmé sur la mort de son fils (cf. « Pour un tombeau d'Anatole »). Ici comme là une béance inguérissable bouleverse l'ordre du temps mort, celui même, censé « naturel », de la succession des générations. Le langage s'affole à tenter de hisser l'être hors du trou noir.

T'INVENTER FÉDERMAN

La voix dans le cabinet de débarras est une court récit à couper le souffle. Un enfant de douze ans happé par le gouffre s'y invente des raisons d'être. Tout se développe par fragments, tel un puzzle autour d'une constellation : la cage, la cour, la verrière, la rue, l'oiseau, l'escalier, la voix des parents (cris, toux et sanglots), puis le silence. Le bref récit d'une vingtaine de feuillets relate l'effroyable initiation d'un enfant broyé par un crime anonyme : prémédité, collectif. En ce lieu à jamais hors du monde (ce texte), l'enfant/l'homme rejoue indéfiniment le jeu de la perte, tandis que nous, les lecteurs, sommes conviés à endosser son identité vacillante, à repousser l'échéance de la mort : la sienne, la nôtre. Comment « t'inventer féderman » là où la vie d'un seul coup fut meurtrie jusqu'au cœur, là où un indicible événement brisa le passé avec l'avenir?

On ne peut pas raconter cette histoire et l'auteur n'y consent d'aucune manière : point de commencement ou de fin, de ponctuation, pas même de pagination. La narration s'avère cauchemardesque qui tente d'évoquer l'événement grotesque, halluciné, à jamais inénarrable. Le sens pourtant finit par se livrer par bribes à force d'en cerner le point aveugle : la naissance rêvée d'un enfant dont le destin ne pèse que le poids d'une plume : si léger féderman ! Juif, d'être voué à se donner des raisons d'être dans un air raréfié, là où devait régner « le royaume de la mort » : la solution finale. L'enfant naît tout adulte du ventre de l'horreur. Ses mots s'écrasent les uns contre les autres, se malaxent, s'amalgament, s'épanchent en nappes informes, broyés par le Léviathan-histoire. Naufrage du sens souillé, infecté à la source, là où l'enfant (le récitant adulte bien plus tard) retrace son impossible genèse. Une voix transie de peur s'élève du cabinet de débarras, là où devait régner le silence. Soustrait à l'insensé

CONTENTS

Library of Congress Cataloging-in-Publication Data

Federman, Raymond.

The voice in the closet / Raymond Federman ; [with a preface by Gérard Bucher].--
1st Starcherone Books ed.

p. cm.

Added t.p. title: Voix dans le cabinet de débarras.

Parallel texts in English and French bound back to back and upside down, with t.p. preceding
each sequence.

ISBN 0-9703165-8-5 (alk. paper)

1. Paris (France)--History--1940-1944--Fiction. 2. Holocaust, Jewish (1939-1945)--
Fiction. 3. Jews--France--Paris--Fiction. 4. Jewish children--Fiction. I. Title: Voix dans le cabi-
net de débarras. II.
Title.

PS3556.E25 V6 2001

813'.54--dc21

2001020536

Published originally as *The Voice in the Closet/La voix dans le cabinet de debarras* by Coda Press,
1979. Reprinted through agreement with the author. "T'inventer Federman" by Gérard
Bucher originally appeared in *Romaneske* (Leuven, Belgium). Cover images: Terri Katz
Kasimov, from "The Federman Series". Typography/Cover design: Jennifer Bullard &
Theodore Pelton. Editor: Theodore Pelton. Proofreader: Marta Werner. Publication assisted
by grants from the Melodia E. Jones Chair of French at University at Buffalo and the Castellani
Art Gallery at Niagara University.

LA VOIX DANS LE CABINET DE DÉBARRAS

Raymond Federman

2001

STARCHERONE BOOKS
153 MARINER STREET
BUFFALO, NY 14201
716-885-2726
www.starcherone.com